AF476716

LA LOTTERIE, FESTE GALANTE.

*Par M****

A PARIS,

Chez FRANÇOIS BABUTY, ruë ſaint Jacques, au-deſſus de la ruë des Mathurins, à S. Chryſoſtome.

MDCCXIII.

Avec Approbation & Privilege.

LA LOTTERIE, FESTE GALANTE.

AU bout d'une épaiſſe forêt, ſe trouve un Château bâti à l'antique, que les Fées ſemblent avoir pris ſoin d'embellir. Il eſt élevé ſur un petit côteau qui lui ſert de baſe; la nature lui a fourni des foſſez, dont l'art fait monter les eaux d'une maniere ſi ingenieuſe, qu'elles ne lui ſervent pas moins de toit que de fondement.

Dans ce ſéjour délicieux, l'on tira l'Automne dernier une Lotterie des plus galantes. Ce jeu du hazard fait preſentement l'eſpérance de bien des gens, & le plaiſir des partis de la Campagne, quand on ſe trouve en grand nombre.

L'on voulut ſe donner ce divertiſſement chez Madame la Baronne des Attraits, Dame d'un merite ſolide & agreable, qui n'a point perdu dans ſa retraite des Montagnes, cette politeſſe naturelle, qui la rend une des femmes du monde la plus accomplie.

Le rang qu'elle tient dans le monde, aſſemblant chez elle les perſonnes les plus diſtinguées de la Province; le Chevalier du Tendre s'y trouva du nombre. Comme ſa mauvaiſe ſanté l'avoit obligé d'aller reſpirer un air paiſible, après les fatigues de la Guerre, le beau feu de ſon eſprit, lui faiſoit inventer à tout moment mille choſes agreables, pour augmenter les douceurs d'une ſi charmante ſolitude.

Il fut le premier qui s'aviſa de tailler du papier en petits billets. Il forma enſuite d'un trait de plume ſur pluſieurs, des cœurs parfaitement bien faits ; ſurtout les autres, des chifres qui nombroient tous la ſomme.

Quand il eut mis autant de billets avec des cœurs, qu'il y avoit de perſonnes dans l'aſſemblée, & qu'il eut mis une deviſe à chaque cœur pour le diſtinguer. Il fit un grand nombre de billets chifrez ; & s'addreſſant à Madame la Baronne des Attraits ; voulez-vous, Madame, lui dit-il, faire une Lotterie enchantée ; vôtre cœur sera le gros lot, le mien le second.

Vous déterminerez du rang de tous les autres, comme il vous plaira. Tous les billets qui ont des chifres, vaudront un Louis : ils seront reputez blancs ; vôtre generosité en fera l'usage qu'elle voudra. Nous fournirons les fonds pour les remplir.

Mais ce n'est pas une badinerie, Madame, dit le Chevalier ; c'est tout de bon, il faut agir de bonne foy dans ce jeu-cy. Celui qui aura le gros lot, qui eſt vôtre cœur, doit vous engager, Madame. Pour moi ſi je le gagne, je mourrai de joye à vos pieds.

Vraïment, lui dit Madame la Baronne, il ſemble, Chevalier, que vous parliez d'un contrat, & non pas d'une Lotterie. La Lotterie eſt un jeu du hazard, où ceux qui s'aſſurent le plus, ont d'ordinaire le moins. Si le gros lot eſt pour un autre, que ferez-vous, Chevalier? Si vous le payez, Madame, je mourray de douleur.

Comment, ſi je le paye, reprit Madame la Baronne? m'avez-vous pas dit qu'il falloit agir de bonne foy? Hà! Madame, je n'ai penſé qu'à moi dans cette occaſion. Le jeu du hazard ſortoit du deſſein, mais je ne puis m'empêcher de croire, que juſqu'au hazard me ſera favorable.

Toute l'aſſemblée qui connoiſſoit l'agrément du Chevalier & le beau feu de ſon eſprit, mit ſa bourſe en ôtage, pour fournir la ſomme des billets reputez blancs, tout le monde declarant que ce qui reviendroit de ces billets, seroit mis entre les mains de Madame des Attraits, ou du Chevalier, pour en faire une noble distribution; n'aspirant tous dans ce jeu galant, qu'au bonheur de rencontrer un cœur tendre & fidele, & au plaisir de le conserver par tous les soins que l'amour peut inspirer.

Le Chevalier leur dit, le hazard ne nous sera pas contraire, quand nous mettons la fortune à ses pieds, afin de nous le rendre favorable : pour moi j'espere dans cette occaſion, que l'amour conduira le ſort, ou que le ſort ſervira à l'amour.

L'on commença la Lotterie ; les bons billets furent marquez par des cœurs, & tous les billets reputez billets blancs, par des chifres qui nombroient un Louis chacun. Pareils billets blancs auroient bien été les noirs d'une autre Lotterie, mais la magnificence brilloit dans cette aſſemblée.

C'étoit moins pour flêchir le deſtin, que pour déteſter l'avarice, que l'on faisoit cette petite profusion.

L'on tira la Lotterie avec tout l'ordre & l'exactitude possible : mais les soins, les desirs, & tout l'amour du Chevalier, ne lui donnerent pas le gros lot. Il fut gagné par le Marquis de la Fidelité, qui ne le desiroit pas moins que le Chevalier du Tendre.

Mais Madame des Attraits, qui eut payé tres-fidelement le Chevalier, se trouva insolvable, quand il fut question de payer le Marquis. Si l'amour est injuste & rigoureux, même quand on se joüe avec lui; qu'il est à craindre, quand il passe de l'agrement au serieux.

Il y eut peu de gens tout à fait satisfaits du sort dans l'assemblée. Les billets blancs qui valoient beaucoup, étoient comptez pour rien. Quelques-uns des cœurs ne se trouvoient point assortis; de maniere que le Chevalier chagrin de son invention, ne sçavoit comment soûtenir la suite de sa proposition. Madame la Baronne le tira d'embarras, quand elle vit que le Marquis sollicitoit son payement, & ne perdoit pas une occaſion de la faire ſouvenir qu'il avoit gagné le gros lot.

Elle lui dit, Marquis, cela eſt vrai; mais que ne donniez vous au hazard une puiſſance plus étenduë: pour moi, je croi que ce n'eſt pas le même hazard qui donne le bon billet, & le penchant. Vous n'avez fait vôtre cour qu'à l'un des deux: car l'autre vous a mal ſervi: mais je vous payerai bien, ſi ce n'eſt mon cœur, s'en ſera un autre qui le vaudra.

Voilà Mademoiſelle des

Graces, qui a retrouvé ſon cœur dans ſes billets, elle ſçait le droit que j'ai ſur lui, comme amie & parente. Je la prie de vouloir bien qu'il ſerve à m'acquitter envers vous; afin de m'épargner la honte de mon impuiſſance. Le bien que je vous refuſe, ne vaut pas celuy que je vous donne; & je vous croi tres-content de mon inſenſibilité. Les maux ſans remede ont toûjours le deſeſpoir, ou la tranquillité pour expreſſions.

Le Marquis qui aimoit beaucoup Madame la Baronne, ſe trouva tres-abbatu de ſon ſort ; & ne reçût qu'à regret le cœur d'une des plus belles filles du monde. Chagrin de ſon malheur, & n'oſant par reſpect réſiſter aux ordres de Madame la Baronne : il falut donner ſes ſoins du côté de cette belle perſonne, & feindre par la force de ſon amour celui qu'il ne ſentoit pas.

Pour le Chevalier, il ne pouvoit cacher ſa joye. Il crut voir ſon bonheur écrit dans l'infortune du Marquis. Il ne ſe trompa pas, ſans le penchant que Madame la Baronne avoit pour lui, elle auroit écouté celui que le Marquis avoit pour elle. Mais un attachement formé par l'habitude, plûtôt que par la ſympatie, ſe développa dans cette occaſion.

Le Chevalier plus attentif à ſes ſentimens ; Madame des Attraits moins ſoigneuſe d'éviter l'amour : la facilité de parler du cœur à l'occaſion de la Lotterie, fit du badinage de la Campagne, une affaire ſerieuſe de l'ame. Madame la Baronne s'apperçut dans ce rencontre de l'eſtime qu'elle avoit pour le Chevalier, &

ne pouvant pas abſolument ſe blâmer, elle crut pouvoir ſoûtenir cette diſtinction, ſans riſquer tout-à fait ſon cœur.

C'eſt pourquoi, loin de s'interdire la douce habitude de ſe voir ſouvent, elle y ajoûta celle de ſe parler ſouvent du plaiſir qu'on a de ſe voir : & inſenſiblement elle fortifia ſon penchant, en augmentant celui du Chevalier. Elle avoit cependant ſujet de craindre plus qu'un autre les engagemens du cœur. Toute parfaite qu'elle étoit, elle pouvoit juſtement ſe plaindre

dre de l'amour. Si elle n'avoit pas éprouvé les rigueurs de l'infidelité, elle avoit ressenti les maux de l'absence : & rien n'est plus cruel, quand on aime bien tendrement. Elle devoit redouter l'amour avec tremblement.

Après les maux que fait l'amour, peut on se resoudre à aimer. Mais si l'on ne peut se resoudre à aimer, comment peut-on se resoudre à vivre ? C'est l'idée que Madame la Baronne avoit de l'amour.

C'est pourquoi elle ne s'opposa point à son nouveau penchant : & le Chevalier trouva que le hazard eſt une Divinité bien cachée, dont on ne connoît gueres les reſſorts. Il eut le cœur, ſans avoir le billet qui devoit le donner: & la Lotterie fut une invention sûre pour avancer ſon engagement, plûtôt qu'un jeu incertain.

Pour Mademoiſelle des Graces & le Marquis, ce n'étoient que ſoins, aſſiduitez, manieres galantes, & l'on auroit crû qu'ils couroient à l'engagement; pendant que l'un & l'autre fuïoient l'amour en ſe cherchant. Mademoiſelle des Graces aimoit tendrement le Duc de*** qu'elle avoit vû deux fois par occasion, dans un voyage qu'elle fit aux eaux.

Il étoit tres-amoureux d'elle, & ne pouvoit avoir d'accès en sa maison, parce qu'elle avoit une grand'mere, qui ne donnoit accès chez elle à nul homme; à moins qu'il ne fut son parent. Cette circonstance difficile, avoit fait prendre au Duc le parti de voyager, pour tâcher d'éteindre la violente passion qu'il avoit pour Mademoiselle des Graces, ou pour attendre un temps plus favorable à lui faire connoître ſes ſentimens.

C'eſt pourquoi le Marquis & Mademoiſelle des Graces, étoient tout propres aux avantures de la Lotterie. Ils faiſoient comme le hazard : ils ſe joüoient de tout : & leur cœur fixé, les exemptoit du mauvais choix, que le hazard fait ſouvent pour nous.

Pour la jeune Comteſſe de Bel Amour, qui avoit eu pour lot le cœur du jeune Silvandre, elle filoit en riant ſon engagement avec lui. Elle avoit tout ce qu'il faut pour être belle, & non pas tout ce qu'il falloit pour plaire.

Il avoit de ſon côté tout ce qu'il falloit pour plaire, juſqu'à l'indifference. Ce n'eſt pas la circonſtance la moins neceſſaire auprès de certaines femmes, pour redoubler leur affection, qu'un difficile accès au cœur.

Silvandre étoit de ces beaux hommes, que l'amour propre rend inſupportables, qui n'ont d'aſſiduité que pour eux-mêmes; qui ne trouvent pas une belle femme au monde, & qui distribuent leurs faveurs comme par charité. Il ne falloit pas moins qu'une jeune folle, comme la Comteſſe, pour ſoûtenir un pareil engagement. Mais comme ſon petit caractere la faiſoit rire aux Anges, elle rioit volontiers aux hommes: elle rioit de tout.

La belle Mademoiſelle des Charmes, née d'un caractere tres différend, joüoit bien auſſi un autre rôle. Le hazard donna ſon cœur au vieux Comte de la Conſtance, homme dont la vie n'étoit remplie que de gloire & d'amour.

C'étoit un Héros des deux genres: il avoit marqué ſa valeur en mille occaſions différentes. On ne pouvoit douter qu'il ne fut un homme intrepide, & deux grandes passions, dont il avoit souffert toutes les peines sans inconstance, prouvoient sa tendresse & sa fidelité.

Si le hazard donna le cœur de Mademoiselle des Charmes à ce Comte; le goût & l'inclination donna celui du Comte à Mademoiselle des Charmes. Elle étoit d'une si grande beauté, & d'un si doux commerce, qu'un homme aguerri en passions, & plus difficile qu'un autre, ne pouvoit lui échapper.

Il protesta en ouvrant son billet, qu'il ne desiroit plus

rien au monde ; que l'horreur qu'il avoit eu toute ſa vie pour tous les jeux, étoit paſſée ; & qu'en faveur d'un coup ſi heureux du hazard, il ſe déclaroit partiſan de tous les jeux du monde. Mille expreſſions plus fortes & tres-naturelles dans cette occaſion, firent connoître ſon penchant pour Mademoiſelle des Charmes.

Il y avoit un merite de rapport entre eux. Tous deux étoient beaux & bien faits ; il avoit de la nobleſſe, du courage, du ſerieux, & de la ſtabilité : nulle difference, que celle du ſexe & de l'âge.

C'eſt

C'eſt quelque choſe à la vérité : mais une perſonne raiſonnable voit les engagemens du cœur, vec des yeux bien differens du monde ordinaire. Mademoiſelle des Charmes étoit de celles-là. Elle enviſagea la liaiſon qu'elle alloit former avec le Comte, comme un moyen juſte d'arriver à l'état heureux qu'elle ſe propoſoit

Elle ne ſe trompa pas dans ſon calcul : perſonne n'étoit plus capable de rendre une femme heureuſe que le Comte : il étoit ſçavant, il étoit bon, il étoit franc, il étoit doux, & d'un genie ſi pénétrant & ſi délicat, que la conduite & l'étude d'une femme raiſonnable, trouvoit ſon compte avec lui.

Il ne laiſſoit rien échapper à ſon attention, juſqu'aux plus legeres marques d'une amitié véritable, chez lui étoient ſurpaſſées dès qu'elles étoient connuës.

La magnificence & la générosité furent les premieres marques de ſon attachement. Il fit revivre le ſiecle d'or dans le petit Palais de Délices, où la Baronne faiſoit ſon ſéjour.

Mais ſon charmant caractere fit naître beaucoup d'envie dans la plûpart des esprits, qui ne pouvant agir avec autant de noblesse, sans avoir un motif tres-different, attribuoient à l'orgueil ce qui venoit d'un grand cœur.

On se persuadoit qu'il vouloit se donner pour modele; mais son dessein étoit d'en suivre un bon, plûtôt que d'en donner un nouveau.

Le Chevalier surtout, plus piqué qu'un autre, par le desir empressé qu'il avoit de plaire à Madame la Baronne, craignoit d'être surpassé par les manieres du Comte, & d'être trouvé en défaut ſur quelques nobles ſoins, dont pas un n'échapoit à l'ardeur & à la vigilance, que le Comte avoit pour Mademoiſelle des Charmes.

L'envie ne produit pas toûjours la haine; elle anime quelquefois plûtôt que d'affliger. Le Chevalier ſentit cette diſpoſition: & tout plein d'une noble ardeur pour ſa Maîtreſſe, il ne voulut pas qu'elle pût voir dans un autre, une paſſion qui pût ſe mettre en comparaiſon avec la ſienne.

Comme il étoit tout plein de feux, & qu'il étoit la ſource des liaiſons qui venoient de ſe former ; il prémedita une fête pour les Dames, dans laquelle l'amour & la magnificence pût ſurpaſſer l'attente de toute l'aſſemblée.

Comme il ne plaignoit rien dans une occaſion d'importance, il prit ſes meſures, pour que ſa puiſſance répondît à ſes deſſeins, & qu'il pût ſurprendre en faiſant plaiſir : il ſçavoit que c'eſt la ſeule ſurpriſe qui eſt agréable dans les fêtes galantes.

Au bout du parterre de ce beau Château, s'éleve une terraſſe bordée d'orangers, au milieu de laquelle eſt un grand cercle de gazon, dans le milieu duquel eſt un jet d'eau qui s'éleve juſques aux nuës, & qui retombe avec tant d'art, qu'il ſemble former un paraſol à tout le cercle, pour ſe venir rendre dans le ruiſſeau qui l'environne.

Aux deux bouts de la terraſſe, ſont deux cabinets de jaſſemin, qui conduiſent à deux allées, qui laiſſent voir à perte-de-vûë, le ciel & la riviere.

Dans un loingtain de ce grand cercle de gazon, qui partage la terraſſe, l'on voit une pleine campagne, qui presente dans l'éloignement de petits côteaux enchantez, qui forment des simétries & des vûës admirables. La nature est si belle dans ce circuit, qui semble en être détaché, que tout l'art paroît inutile en le regardant.

Un doux murmure d'eaux & de petits échos languissans, se font entendre ; une multitude de rossignols se perchent sur les arbres, qui bordent les allées, & un sable menu & doré sur lequel on marche, rend ce séjour parfaitement délicieux.

Ce fut là le théatre, où

le Chevalier fit éclater sa magnificence dans une grande fête ; aprés avoir fait tout préparer dans l'orangerie, qui est audessous de la terrasse, afin que l'on ne soupçonnât point son dessein.

Sur les cinq heures que les Dames alloient prendre le frais sur cette belle terrasse, elles furent surprises, lors qu'elles arriverent au cercle de gazon, de le trouver couvert de coussins de velours brodez d'or, auprès desquels étoient des corbeilles de philagrame, toutes pleines de fleurs.

Cette maniere de les faire

asseoir, leur parut une galanterie superbe, qu'elles reçûrent tres-gracieusement. Elles n'eurent pas plûtôt touché aux fleurs, qui étoient dans les corbeilles, qu'elles s'apperçûrent qu'un tafetas incarnat, qui étoit sous les fleurs, couvroit des fruits exquis, & des confitures séches admirables.

Mais leur étonnement fut encore plus grand, lorsque jettant les yeux sur les orangers, qui bordoient la terrasse, elles virent la distance qui les separoit, remplie par des carafes de crystal, d'une beauté & d'une grandeur prodigieuſe, dans leſquelles on voyoit toutes ſortes de couleurs differentes, par la diverſité des liqueurs qui les rempliſſoient. Les orangers ne les ſurprirent pas moins : ils étoient tous garnis de rubans, qui attachoient des fruits confits, auprés des fleurs dont ils étoient couverts.

Et tout cet aſpect galant paroiſſoit ſans avoir été précedé par nulle préparation qui eut paruë. Les carafes étoient couvertes par des verres d'une beauté admirable, que les Cavaliers prirent pour ſervir des liqueurs aux Dames : & la collation ſe fit dans un des cabinets de jaſſemin, avec toute la magnificence & la joye poſſible.

Perſonne ne troubla la fête, & chacun crut qu'elle ſe bornoit à cette ſuperbe collation. Mais quand le Soleil fut couché, & que la diverſité des objets agréables ne pouvoit plus s'appercevoir qu'à peine ; les oreilles furent frapées agréablement par les plus beaux tons qui ſe ſoient jamais entendus.

Quatre des plus belles voix du monde chantoient en

partie, soûtenuës par des tuorbes, & des basses de viole; & quand elles eurent pendant une heure, flatté l'ame, par les sons les plus doux & les plus tendres, quatre flûtes douces prirent leur place, & tout le monde fut enchanté.

Comme les voiles de la nuit commençoient à couvrir la terre, & que l'ombre ayant chassé le jour, les objets commençoient leur metamorphose, & l'horreur s'emparoit des esprits & des cœurs : les Dames étoient déja levées pour retourner dans le Château, quand une douce lumiere les rassurant, elles regarderent du côté du cercle de gazon, qui leur parut une aurore naissante.

L'on n'avoit encore allumé de distance en distance, qu'une partie des lumieres qui l'environnoient, & l'art faisoit venir le jour, à peu près comme la nature.

La lumiere s'augmentoit peu à peu, à mesure qu'on allumoit de petites lampes, qui étoient autour d'une machine ingenieusement inventée, qui occupoit le milieu, d'une maniere si bien entenduë, qu'elle y fournissoit une grande lumiere, sans empêcher les eaux de joüer.

Pour la terrasse, elle étoit toute bordée de lumieres; les orangers sembloient autant de lustres de jaspe; les rubans qui servoient à lier les fruits confits contre les fleurs, servoient en même temps à tenir de petits tuyaux, qui soûtenoient des lampes en si grande quantité, que la terrasse paroissoit toute en feu.

Dans le cabinet opposé à celui d'où les Dames sortoient, paroissoit une table ovale, où la propreté & la volupté sembloient se combattre, à qui triompheroit des deux.

Tout ce que les soins peuvent inventer pour satisfaire à la delicatesse des gens d'une propreté achevée, s'y trouvoit avec abondance. Et tout ce que les mêts les plus délicieux peuvent fournir au gout le plus fin, naissoit à tout moment sur la table.

L'on se mit à manger sans necessité, & non pas sans appetit : car tout servoit à le réveiller. L'on n'eut pas levé le premier service, que les ornemens du second, qui répondoient à sa délicatesse, surprirent agréablement.

La diversité des fleurs, qui faisoient un parterre sur la table, étoit la moins rare parure des plats ; sans parler des mêts exquis qui les remplissoient. On se seroit contenté des ornemens qui servoient à les embellir : mille petits oiseaux d'un plumage charmant étoient autour ; & sans changer de place, leurs pates étant retenuës dans les bordures, ils faisoient un relief tout-à-fait agréable aux yeux.

L'art qui dans cette fête ne manquoit point au défaut

faut de la nature, fit entendre pendant que le service parut, un ramage charmant d'oiseaux, qui faisoient un concert champêtre; & l'enchantement paroissoit si continuel, qu'on trouvoit à peine un moment, pour exprimer son admiration.

Le ramage des oiseaux, fit place à un concert de violons & de haut-bois, qui retentissant dans la plaine, appelloient toute la nature à cette grande fête, & sembloient faire retentir les nuës par la magnificence de leurs sons.

Les ſens pour lors charmez par de ſi flateux amuſemens, réduiſoient ſans contrainte toute l'aſſemblée au ſilence, & l'on devenoit tout oreilles dans ce délicieux ſéjour.

Mais la jalouſie que le vieux Comte avoit de la magnificence du Chevalier, le réduiſit à la plus forte mélancolie, dans la crainte où il étoit, que Mademoiſelle des Charmes n'eût ſenti les douceurs de cette fête.

Pour lui il ne ſentoit rien pour trop ſentir : il ne ſe fut pas apperçû pendant la nuit de toutes les lumieres qui brilloient ſur la terraſſe, ſi celles des yeux de Mademoiſelle des Charmes, n'euſſent été mêlées parmi elles.

Tout ce qui pouvoit occuper le cœur de cette belle à ſon préjudice, lui cauſoit un mortel chagrin. Il étoit jaloux avec des délicateſſes, qui tiennent plus de l'amour que de la jalouſie.

Il en vouloit à tous les mouvemens du cœur de Mademoiſelle des Charmes : il n'étoit pas ſeulement effraïé d'un Rival, ou d'une Amie; il l'étoit d'elle-même. La délicateſſe de ſa paſſion, ne vouloit pas même rencontrer l'amour propre dans son chemin. Comme il avoit donné son cœur tout entier à sa Maîtresse, il auroit bien voulu avoir le sien de même. Il sçavoit mieux aimer qu'un autre, & se persuadoit que dans un parfait amour, l'objet remplit entierement le cœur; & comme l'amour en chasse l'idée de nôtre propre interêt, il en bannit aussi l'idée de nôtre propre être; & en quelque maniere nous passons par nôtre penchant, dans l'être qui a pû nous incliner vers lui.

Voilà ce qui s'appelle amour. Le Comte aimoit Mademoiselle des Charmes de cette maniere. Sa passion aïant été long-temps cachée, s'étoit fortifiée par le mistere, & l'occasion favorable de la déclarer, l'avoit mis dans toute sa force, aussi bien que dans tout son jour. Il en étoit d'autant plus malheureux, par les inquiétudes que cette fête lui causoit.

Il ne put la suivre jusques au bout, sans parler de sa peine. Il demanda à Mademoiselle des Charmes, si elle n'étoit point touchée par la magnificence, & le bon goût de cette fête. Elle lui dit que la fête lui paroissoit tres-galante, mais non pas touchante pour elle. Mais si elle étoit faite à vôtre intention, reprit le Comte, quel prix cela auroit-il auprès de vous. Nul, lui répondit Mademoiselle des Charmes : je l'approuve, c'est tout ce que je puis faire ; & la peine qu'elle peut vous avoir fait sur mon compte, doit à present vous faire plaisir.

Mademoiselle des Charmes s'exprimoit avec le Comte, comme si les mêmes desirs les avoit animez tous deux : elle pratiquoit son devoir aussi naturellement, que si la plus forte inclination eût agi. Il faloit y être interressé autant que le Comte, pour ne pas croire que tout ce qu'elle lui faisoit paroître étoit de l'amour.

Mais il y démêloit un caractere de bonté & de complaisance, qui tenoit plus de l'esprit que du cœur, & sa passion allarmée le mettoit au désespoir. Il ne pouvoit se pardonner, de n'avoir pû faire naître une pareille passion dans le cœur de la plus aimable personne du monde. Mais toute aimable qu'elle étoit, on auroit pû lui en préferer un autre : c'est un grand défaut, que d'être incapable d'avoir beaucoup d'amour.

Mademoiselle des Charmes étoit de ce caractere, noble, sage, reconnoissante, pleine de douceur, mais un peu indifferente; un calme d'ame dont elle ne sortoit jamais la rendoit un peu insensible; & il falloit un merite souverain dans une figure aimable, pour la rendre un peu tendre. C'étoit le plus grand excès de son cœur : elle n'avoit dans un éminent degré, que de l'esprit & de la vertu.

Pour

Pour de l'amour, ſon cœur n'en connoiſſoit que les plus foibles traits. Ce petit Dieu, pour ſe venger du tort qu'elle faiſoit à ſa mere, & du beau feu qu'il avoit mis dans ſes yeux, éteignit ſon flambeau, plûtôt que d'enflammer ſon cœur. C'eſt un défaut inſupportable, que de ne ſçavoir point aimer; il devroit moderer l'amour que la beauté fait naître.

Cependant le Comte aimoit Mademoiſelle des Charmes, au-deſſus de toutes choſes, dans le tems même qu'il lui reprochoit ſon inſenſibilité. Que vôtre cœur eſt tranquille ſur mon ſujet, lui diſoit-il, le mien ne l'eſt pas ſur le vôtre; il ſe conſerve malgré la cruauté, à qui il ne peut ceſſer d'être. Je crains de ne pouvoir cacher mon trouble. Toutes mes fraïeurs ſont des effets dont vous êtes la cauſe.

Vôtre indifférence ne peut ralentir le panchant que mon deſſein a fait naître. Je ne voudrois pas vous aimer avec moins d'ardeur, mais avec moins de trouble; ou bien je voudrois que mon trouble mît en vous quelqu'ardeur, & que ce ne fut point par pitié que vous entrassiez dans ma peine.

Mademoiselle des Charmes alloit adoucir la douleur du Comte, par ses charmantes expressions, si la jeune Comtesse de Bel-Amour n'étoit venuë les interrompre mal à propos.

Vraïment, ma chere, dit-elle, à Mademoiselle des Charmes, vous filez l'Amour, d'une languissante maniere, qui m'est bien insupportable. Peut-on être sérieux dans la plus brillante, & la plus enjoüée fête où l'on se puisse rencontrer. Si le beau Silvandre étoit de vôtre humeur, que deviendroit la jeune Comtesse ?

Il me faut un Amant, & c'est comme tous les Amans devroient être; qui badine avec l'Amour; qui quand je le voi, m'inquiete par mille petites carresses, dont il faut que je me défende; qui me quitte à tout moment par de petits caprices, qui invente mille petits jeux; qui se mette à mes genoux devant tout le monde. Enfin, qui soit d'un commerce si réjoüissant, que je puisse ne me point ennuïer avec lui.

Je veux que toutes mes

inquietudes viennent, de ce qu'il veut me chifoner, & non pas de ſon abſence; que le plus grand chagrin que j'aïe de ſon départ, ſoit de le voir rentrer mal-à-propos; qu'il ſçache mil petits contes pour n'être pas ſérieux un moment, & qu'il ne puiſſe jamais me chagriner, par ces languiſſans, je vous aime, qui ne finiſſent point; par ces regards mourans, qui me font peur, & par ces ſoûpirs qui m'ennuïent. J'aimerois autant mourir, que d'eſſuïer la converſation d'un Amant de ce genre. J'ai bien trouvé mon fait dans le beau Silvandre : avoüez-le, ma chere, il eſt vrai qu'il s'aime un peu trop.

Quand nous ſommes devant un miroir à nous regarder enſemble, il ne s'apperçoit pas que j'y ſois. Attentif à tous ſes traits, il les examine l'un aprés l'autre, avec tant d'exactitude, que dès qu'il eſt venu un poil nouveau à ſon ſourcil, il s'en apperçoit. Sa main ſe précipite dans la poche où ſont ſes pincettes, il ne voudroit pas pardonner à ſon viſage le moindre ſuperflu.

Il me déſole quelquefois

avec ſes cure-dents & ſon petit miroir ; quand on a les dents belles & nettes, n'eſt-ce pas aſſez. Il ne veut les montrer que d'une certaine maniere, afin qu'elles paroiſſent toutes égalles ; & dès qu'il rit un peu fort, il reſſerre ſa boucheavec repentir, de peur d'en avoir découvert plus qu'il ne veut en montrer. Quoi qu'il les nettoïe tous les matins avec des cure dents, de l'eau, de l'opiat, des vergettes, il y voit toûjours quelque petite tache, après laquelle il s'emploïe une partie du jour.

Il n'eſt jamais content de ſes lévres, ni de ſa bouche, elle n'obéït point aux formes qu'il veut qu'elle prenne; il a beau la frotter avec de l'eau, du taffetas noir, & la pincer pour l'arondir; les mouvemens qu'il y fait, montrent qu'il diſpute contre toutes ſes figures, & qu'il la voudroit encore autrement.

Il eſt inſupportable avec ſa jambe: il prend plus de ſoin à l'habiller, que la plus belle femme du monde n'en prendroit à toute ſa parure. Il ſe plaint toûjours de ſon Valet-de-Chambre.

Ses bas ne ſont jamais aſſez juſtes, aſſez longs, aſſez fins; le beau travail des côtez, gâte la jambe, c'eſt ſon opinion: les ombres des ſoïes d'Angleterre, en changent la forme: la groſſeur des autres ſoïes, en ôte la nobleſſe.

On ne le chauſſe point comme il veut, ſa jambe eſt fine, à ce qu'il dit; mais pour conduire inſenſiblement au mollet, ſans marquer une ſeparation ſenſible; cela dépend plus de l'art que de la nature; & c'eſt ce qui l'enflâme contre ſes gens.

Dites moi après cela, ſi

ce n'eſt pas ſe trop aimer. Je lui pardonnerois bien de certains petits ſoins néceſſaires, comme de mettre des fleurs dans ſes draps, de n'y point ſouffrir de coûture, de ſe faire gratter la plante des pieds pour s'endormir.

Quand on s'aſſoupit, ſe faire évanter, afin qu'un zephir nous conduiſe juſqu'au ſommeil. Quand on eſt éveillé, prendre d'heure en heure quelques liqueurs agréables, afin que le plaiſir du goût ne s'éloigne pas : ſe baigner ſouvent dans des eaux de ſenteur : parfumer ſon linge, ses cheveux, ses habits, ses boëtes, ses chiens, & ses laquais, tout cela tient de la propreté.

Mais c'est pousser la curiosité & la délicatesse trop loin, que de vouloir comme lui, entendre un concert; dans le même temps que nous écoutons de jolies choses qui nous plaisent. Pendant qu'on nous peigne, être dans un demi bain, cela est trop voluptueux: je ne le pardonne pas.

Mademoiselle des Charmes auroit pris plaisirs à tous ces détails, de plus en plus extravagans de la jeune Comteſſe, ſi elle n'eût apperçû l'ennui que cela cauſoit au Comte, & ſi Mademoiſelle des Graces, épuiſée de complaiſance par le long tête à tête du Marquis, ne ſe fût approchée pour prendre part au riſible entretien de la Comteſſe, qui n'eût ceſſé de long temps ſon jargon, ſi Madame des Attraits n'eût majeſtueuſement ſorti de ſa place, à la priere du Chevalier, pour conduire l'aſſemblée dans l'autre cabinet de jaſſemin, où ſe commença un bal des plus beaux qui ait jamais été. Toute la Compagnie avoit le goût,

& l'adresse de la danse.

Madame des Attraits surtout dansoit parfaitement; c'étoit de ces femmes dont la mine impose & plaît; qui se presentent toûjours avec noblesse, & qui repetent un air de nouveauté chaque fois qu'on les voit.

Elle avoit de beaux yeux fort tendres, les couleurs du tein belles, des cheveux blonds, qui lui donnoient un air gracieux; la bouche & les dents admirables, la gorge belle, la taille reguliere, la démarche noble, l'air extrêmement haut; mais dans sa fierté, se mêloit un air de douceur, qui rapprochoit ceux que ſon grand merite avoit allarmez.

Elle étoit pénétrante, ſage, douce & bonne, une grande égalité dans l'humeur, & beaucoup d'élévation dans l'eſprit : elle imprimoit juſques chez elle ; quelque merite qui s'y rencontra, il n'étoit rien qui pût approcher du ſien. Auſſi le Chevalier, homme d'un goût tres fin, réſolut ſon ſacrifice, dès qu'il en eût connu les charmes.

Quoique l'eſprit du Chevalier ne fut pas de ces premiers genies du monde, il ne laiſſoit pas que d'être un tres-bel eſprit. Il avoit de la juſteſſe, de la délicateſſe, du goût. Il étoit galant, & ſa politeſſe embelliſſoit toutes ſes actions.

Il étoit né magnifique; rien ne lui coutoit pour donner, il oublioit ſes intérêts, avec tant de facilité, quand cela ne regardoit point le cœur, que les plus étrangers s'étonnoient de ſa généroſité.

Il avoit la taille belle; ſon air ſurprenoit, quoi qu'il eut beaucoup d'enjoûment: il imprimoit du reſpect dans les eſprits les plus ruſtiques.

Les traits de ſon viſage, paroiſſoient être aſſemblez avec plaiſir par la nature, rien n'a jamais paru dans des proportions ſi parfaites: c'étoit de grands yeux longs, qui s'ouvroient par un mouvement tendre: la couleur & la paſſion s'y voïoient tout enſemble : un grand ſourcil noir en couronnoit le cercle, & une longue paupiere de la même couleur, en voilant partie de la prunelle, rendoit ſon regard le plus tendre, & le plus beau qui fut jamais.

Son nez étoit ſans défaut, & de quelque ſens qu'on le

regardât,

regardât, il étoit parfaitement bien fait : sa bouche baissant un peu du milieu, avoit une forme de cœur, qui lui donnoit tous les agrémens imaginables : c'étoient les plus belles lévres, & les plus belles dents du monde.

Le tour de son visage étoit un ovale parfait, qui le rendoit beau dans toutes les parures differentes : l'ornement, le dépoüillement, tout étoit égal pour lui : sans perruque, il étoit un chef-d'œuvre ; avec une perruque, il étoit encore mieux.

Il avoit la main & la jambe au-dessus de toutes expressions ; & il se mettoit toûjours d'une maniere si singuliere, & si bien entenduë, que ses seules ornemens auroient répandu de l'agrément, sur le moins beau des hommes.

Ce fut lui qui ouvrit le bal avec Madame des Attraits : cette premiere courante paroissoit plûtôt différens pas, & différentes attitudes de grandeur & de majesté, où le corps peut être, qu'une danse familiere qu'on n'avoit point prémeditée; car Madame des Attraits ne s'attendoit point ce jour-là, à cette pompeuſe fête.

Elle enchanta toute l'aſſemblée, auſſi bien que le Chevalier, & l'on n'oſoit ſe récrier, tant on étoit livré à l'admiration.

Les Dames furent un peu contriſtées, quand ſe vint leur tour pour danſer : elles ne pouvoient fournir de ces morceaux de démarche aſſemblée, qui remuë l'ame d'une manicre ſenſible & charmante : elles danſoient bien, mais c'étoit toûjours fort au-deſſous de Madame des Attraits.

Elles ne laiſſerent pas de danſer des menuets, avec

toute la bonne grace possible, & particulierement Mademoiselle des Charmes, qui avoit un air tendre, qui surprenoit l'attention, & qui dansoit avec une nonchalance aimable, qui attiroit précisement le cœur, avec les regards.

Pour le Comte, il triomphoit en dansant avec elle: comme c'étoit la plus belle taille; & le plus grand air d'homme du monde, & qu'il avoit toûjours dansé parfaitement: il se surpassa dans cette occasion: l'amour lui donnant alors toute la force que l'âge pouvoit lui avoir ravie. Il entra en lice en héros de l'art : On ne pouvoit pas cependant le confondre avec un Maître à danser. S'il en avoit la délicatesse, il n'en avoit pas la mine. Il paroissoit tellement au dessus de ce qu'il faisoit, que dans l'antiquité, on l'eût pris pour un demi-Dieu.

Quand il eut fini, & qu'une acclamation générale eut payé tribut à son merite : la jeune Comtesse de Bel-Amour, & le beau Silvandre, firent descendre l'assemblée du surprenant à l'agreable.

Bien des petites mines cousuës ensemble, ne laissoient pas que de former une tres-jolie danse. Un petit air coquet qui n'abandonnoit point la Comtesse, lui fit joüer un rôle, qui ne laissa pas que d'occuper. Elle avoit un air gracieux pour son danseur : dans toutes ses figures ; en lui tournant le dos, elle avoit des petits branlemens de tête, qui disoient quelque chose. Elle lui soûrioit galamment, quand elle commençoit à le voir.

Elle donna son petit doigt au lieu de la main, quand

se vint pour finir. Elle fit adroitement que la boucle du soulier de Silvandre, accrocha la queuë de sa robe ; ce qui les arrêta tous deux. Elle sortit tres galamment de cette petite avanture. Elle amusa Silvandre un moment, quand il la remit à sa place, & tout le petit jeu de son caractere, fut tres-bien executé.

Comme l'éclat des illuminations avoit instruit la Noblesse voisine, de la fête qui se donnoit ; il vint plusieurs Gentilshommes, & plusieurs Dames demander s'il y avoit bal : ils étoient tous en état d'y entrer.

On le vint dire au Chevalier, qui en avertit Madame des Attraits : personne trop polie pour refuser l'entrée dans cette occasion. Elle donna ordre qu'on baissa le pont levis pendant plusieurs heures, & qu'on laissa l'entrée libre. Il vint plusieurs personnes de qualité des mieux faites, & des plus belles.

La plus aimable, ce fut Mademoiselle du Jour, qui brilla beaucoup, tant par sa beauté que par sa danse. C'étoit une petite blonde, qui quoi-qu'elle n'eût que de de petits yeux bleux ; ses yeux se trouvoient par tout, & tout se trouvoit dans ses yeux.

Son visage étoit délicat, les roses & les lis étoient sur son tein. Sa taille étoit mignone, & son air fin. Un petit air badin, qui la faisoit prendre pour la Déesse de la Jeunesse, & un enjoûëment agréable, qui tenoit absolument de l'esprit.

Elle dansa avec beaucoup d'agrément. Elle plût, & si les liaisons de l'assemblée eussent été moins formées, elle auroit été plus loin. Mais quoi-qu'elle eut paru jolie

G

aux yeux de tout le monde, elle n'eut aucune douceur de toute l'aſſemblée: ſans le beau Silvandre, elle auroit douté de l'approbation de tous les Cavaliers: leur tendreſſe, & leur diſcretion, leur aïant fait garder ſur ſon merite un ſilence parfait.

Pour le beau Silvandre, ſa paſſion étoit d'un caractere qu'il ne croïoit pas y faire tort, en ſe déclarant plein de goût pour Mademoiſelle du Jour.

Cela lui paroiſſoit des droits naturels de l'occaſion. Auſſi n'épargna-t-il point les applaudiſſemens ; il s'en acquitta en homme chargé de ce ſoin par toute l'aſſemblée.

Après cette ſcene de la petite blonde, vint celle de deux vieux Gentilshommes du voiſinage ; qui malgré la glace des ans, vouloient ſuivre encore l'amour.

Leur figure avoit été belle. L'on voïoit encore dans le débris de la nature, certains traits épargnez, où ſe découvroit une ſorte de beauté qui faiſoit plaiſir. On les auroit pris pour le Temps. Ils conduiſoient pluſieurs ſiecles avec eux, & ſans les prendre pour médailles, on peut dire que c'étoit des antiques de la nature.

Ils commencerent une danſe, dont on ne connoiſſoit ni la figure, ni les pas: mais par ſon extrême ancienneté, elle preſenta quelque choſe des graces de la nouveauté même. Chacun ſe récria. Effectivement l'on ne pouvoit pas voir ſans admiration dans ces deux vieillards, revivre l'antiquité même, & ſe mouvoir comme nous faiſons.

Leur eſprit ne paroiſſoit point affoibli; ils parloient même de l'amour d'une maniere à se faire écouter long-temps. Leurs discours quoique galans, étoient sages, & se conformoient à leur âge. On ne pouvoit se lasser de les regarder : leur phisionomie avoit quelque chose de vénérable & de sincere, qui attachoit les spectateurs.

Ils avoient un air de souveraineté, auquel on rendoit hommage sans contrainte. Madame des Attraits & le Chevalier, leur firent tous les honneurs dûs à leur noblesse, & à leur âge.

Le Bal finit par une scene tres-agreable : c'étoit l'entrée de ſix petits enfans de qualité du voiſinage, qui ſembloient renouveller la nature, après la ſcene des Vieillards.

Ils étoient tous vêtus magnifiquement. Ils avoient une grace, & des geſtes qu'on ne ſçauroit d'écrire : leur taille & leur viſage embelliſſoient leur parure.

C'étoit une troupe d'Amours qui conduiſoient les Graces & les Ris pour rendre la fête plus parfaite. Leur petit langage fit un vrai plaiſir. Quand ils eurent danſé avec beaucoup de propreté, on leur fit donner des rafraîchiſſemens & des confitures ſéches en quantité. L'on écouta encore leurs petites raiſons, pour divertir l'aſſemblée.

Il y avoit deux petites filles, & quatre petits garçons. Ils avoient tant de politeſſe, que l'éducation brilloit en eux autant que la jeuneſſe : quand on leur eut fait des complimens ſur ce qu'ils dançoient bien, auſquels ils répondirent fort juſte.

On leur demanda comment ils avoient pû être ſitôt parez pour venir au Bal. On eſt bien diligent, Madame, répondit le plus grand, quand c'eſt pour avoir le plaiſir de venir ici: & puis dès que j'ai ſçû que Mademoiſelle Mignone y venoit, j'ai demandé à ma Bonne, de me faire changer d'habit tout à l'heure. Je m'en vins, de peur que Mademoiſelle Mignone ne partît ſans moi.

Il auroit pouſſé plus loin ſon petit raiſonnement; mais un Gouverneur & une Gouvernante impatiens de les emmener, finirent ce petit divertiſſement, & prirent congé noblement & joliment. On les quitta à regret,

Comme la plus grande partie de ceux qui étoient venus pour voir le Bal, s'étoient retirez, & qu'il étoit fort tard, l'on prit le chemin du Château ; & l'on sortoit déja du Cabinet, quand le bruit des boëtes & des fusées surprit tout d'un coup.

Le cercle de gazon n'étoit plus illuminé, pour laisser plus d'éclat au feu d'artifice, qui étoit dans la plaine. L'on passa dans le cercle qui faisoit le milieu de la terrasse, comme dans le lieu le plus commode pour voir le feu, & l'on découvrit tout ce que l'art peut faire de plus beau de cet élément.

Un Château de lumiere paroissoit aux yeux, au haut duquel étoit une terrasse, d'où s'élevoit une gerbe de feu, qui répandoit des étoiles sur tout l'édifice. On voïoit aux quatre coins, des Nimphes de feu, qui renversoient des cornes d'abondance, dont il sortoit des multitudes d'étoiles.

Il y avoit deux grands cercles de feu, en forme de couronne, qui accompagnoient ce bâtiment; & du milieu desquels s'élevoient des fuſées, qui aprés qu'elles étoient deſcenduës, couroient long-temps ſur la terre en ſerpentant, & puis remontoient en l'air, & retomboient en étoiles.

Enfin c'étoit un enchaînement continuel de feux & de brillans, qui éclairoient toute la plaine. Les yeux avides à la difference innombrable de figure, ſous leſquelles cet élement ſe montroit, par les ſoins d'un merveilleux Artiſte, ne pouvoient ſe laſſer d'être fixez : & l'ame pour lors ſans partage, étoit attentive aux differentes ſurpriſes dont l'art venoit l'ébranler.

Il falloit être aussi amoureux que l'étoit le Comte, pour sentir toute sa passion, dans un temps où des spectacles aussi beaux que surprenans, occupoient les sens & l'esprit, & ne laissoient à l'ame qu'une partie de son pouvoir.

Mais l'amour, qui est plus fort que la mort, est plus fort aussi que les élemens, & que toute la nature ensemble : c'est pourquoi il triomphe de toutes les dissipations.

Quels feux sont comparables, disoit le Comte, à

Mademoiſelle des Charmes, à celui que vos yeux ont allumé dans mon ame? Quelque force que celui-ci ait au-deſſus du mien, l'on peut l'éteindre, & le mien durera toûjours. La perfection de l'art a donné l'être à celui-ci; & c'eſt la perfection de la nature, qui a donné l'être au mien. Quelque attention que je donne au ſpectacle charmant que ce feu me preſente, il ne m'occupe point. Le feu qui me conſume, eſt bien plus puiſſant que celui qui m'éclaire; & je n'ai de plaiſir à voir celui-ci, que lors qu'il me ſert de prétexte, pour vous parler de celui que je ſens.

Quelque merveilleux dans ſa conſtruction, que ſoit ce feu materiel ; quelque ardent dans ſon activité qu'il paroiſſe aux yeux de tout le monde ; ſi l'on pouvoit voir dans mon ame, on y découvriroit une ardeur plus ſurprenante, & qui ſurpaſſe bien toute celle de l'art.

Que je ſuis malheureux, de ne pouvoir vous faire entendre mon langage ? Vôtre inſenſibilité ne m'outrage pas ſeulement par l'oppoſition qu'elle met à nos ſentimens, mais encore par l'obſtacle invincible où elle vous met, de pouvoir connoître les miens. Je ſerois moins jaloux d'être aimé que d'être connu: je voudrois du moins pour me conſoler de vôtre indifference, que vous connuſſiez mon amour, & que cette connoiſſance vous inſpira le deſir de m'aimer.

J'ai cru juſqu'à preſent, lui dit Mademoiſelle des Charmes, que mes ſentimens vous étoient connus; je craignois même de vous les avoir découverts avec trop de facilité; & loin d'en attendre de ſi cruels reproches, je me diſois à moi même, que la tendresse se mêloit trop de mes affaires. Vous m'avez surpris par vôtre plainte ; je dois vous satisfaire par mon aveu.

Le bruit des boëtes, qui renouvellerent leur tonnerre, & celui d'une multitude innombrable de fusées, qui se tirerent en même temps, ne leur permit pas de pouvoir soûtenir la conversation. On ne pouvoit plus s'entendre : le feu étoit devenu de ces surprenans plaisirs, qui étonnent sans effraïer. Le bruit en étoit terrible, la lumiere prodigeuse; tout le jeu de l'artifice étoit encore dans son action,

action, & tout cessa dans un moment.

Les Dames pour lors se leverent pour se retirer : mais elles virent le Château, qui étoit illuminé de la plus gracieuse, & de la plus galante maniere du monde.

Les lumieres étoient arrangées si ingenieusement, qu'elles formoient le nom de Madame des Attraits, lequel on voïoit, de quelque éloignement que l'on fut. En approchant, l'on entendit que les violons faisoient retentir les échos de la gallerie; ce qui dura jusqu'au coucher des Dames.

L'on trouva en paſſant dans le ſallon une prodigieuſe quantité de liqueurs à la glace, dont la bonté & la diverſité firent un nouveau plaiſir.

Le Chevalier après avoir remis Madame des Attraits dans ſon appartement, & pris congé des autres Dames, que le Marquis, le Comte, & le beau Silvandre, prirent ſoin de remettre chez elles; fit diſtribuer l'argent de tous les billets blancs de la Lotterie, aux Domeſtiques de la Maiſon; qui charmez de la bonne fortune, qu'ils devoient plus à la generoſité qu'au hazard, faiſoient des cris de joïe, en recevant de ſi magnifiques largeſſes.

Et le Chevalier après cette diſtribution, ſe fut coucher, content d'avoir ſi bien fini la Fête & la Lotterie tout enſemble, & de s'être attiré par un acte genereux, l'acclamation du peuple, l'admiration de tout le monde, & l'affection de ſa Maîtreſſe.

FIN.

APPROBATION.

J'Ay lû par l'ordre de Monseigneur le Chancelier, ce Manuscrit, intitulé, *La Lotterie, Fête Galante*; où je n'ai rien trouvé qui en puisse empêcher l'impression. Fait à Paris ce 8. Decembre 1712. ANDRY.

PRIVILEGE DU ROI.

LOUIS par la grace de Dieu, Roi de France & de Navarre, à nos amez & feaux Conseillers, les Gens tenans nos Cours de Parlement, Maîtres des Requêtes ordinaires de nôtre Hôtel, Grand Conseil, Prevôt de Paris, Baillifs, Sénéchaux, leurs Lieutenans Civils, & autres nos Justiciers qu'il appartiendra : Salut. Nôtre bien-amé FRANÇOIS BABUTY, Libraire à Paris, Nous aïant fait remontrer, qu'il desireroit faire imprimer & donner au Public, *La Lotterie, Fête Galante*; s'il Nous plaisoit lui accorder nos Lettres de Privilege, pour la Ville de Paris seulement: Nous avons permis & permettons par ces presentes, audit BABUTY, de faire imprimer ledit Livre, en telle forme, marge, caractere, & autant de fois que bon lui semblera, & de le vendre, faire vendre & debiter par-tout nôtre Roïaume, pendant le temps & espace de quatre années consecutives, à compter du jour de la datte desdites presentes, Faisons défenses à toutes personnes de quelque qualité & condition qu'elles soient, d'en introduire d'impression étrangere, dans aucun lieu de nôtre obéïssance, & à tous Imprimeurs, Libraires & autres, dans la Ville de Paris seulement, d'imprimer, ou faire imprimer ledit Livre, & d'y en faire venir, vendre & debiter d'autre impression, que celle qui aura été faite pour ledit Exposant, sous peine de confiscation des Exemplaires contrefaits, de mille livres d'amende contre chacun des contrevenans, dont un tiers à Nous, un tiers à l'Hôtel-Dieu de Paris, l'autre tiers audit Exposant, & de tous dépens, dommages & intérêts; à la charge que ces presentes seront enregistrées tout au long, sur le Registre de la Communauté des Imprimeurs & Libraires de Paris, & dans trois mois de la datte d'icelles; que l'impression dudit Livre sera faite dans nôtre Roïaume, & non ailleurs, en bon papier, & en beaux caracteres, conformément aux Reglemens de la Librairie; & qu'avant que de l'exposer en vente, il en sera mis deux exemplaires dans nôtre Bibliotheque publique, un dans celle de nôtre Château du Louvre, & un dans celle de nôtre tres-cher & féal Chevalier, Chancelier de France, le sieur Phelyppeaux, Comte de Pontchartrain, Commandeur de nos Ordres; le tout à peine de nullité des presentes. Du contenu desquelles vous mandons & enjoignons, de faire joüir l'Exposant, ou ses Aïans cause, pleinement & paisiblement, sans souffrir qu'il leur soit fait aucun trouble ou empéchement. Voulons que la copie desdites presentes, qui sera imprimée au commencement ou à la fin dudit Livre, soit tenuë pour dûëment signifiée, & qu'aux copies collationnées par l'un de nos amez & feaux Conseillers & Secretaires, foy soit ajoûtée comme à l'original. Commandons au premier nôtre Huissier, ou Sergent, de faire pour l'execution d'icelles, tous actes requis & nécessaires, sans demander autre permission; nonobstant Clameur de Haro, Charte Normande, & Lettres à ce contraires: CAR tel est nôtre plaisir. Donné à Versailles le vingt-neuviéme jour du mois de Janvier, l'an de grace mil sept cent treize, & de nôtre regne le soixante-dixiéme. Par le Roi en son Conseil.

FOUQUET.

Registré sur le Registre No. 3. de la Communauté des Libraires & Imprimeurs de Paris page 563. No. 622. conformément aux Reglemens, & notamment à l'Arrest du 13. Aoust 1703. Fait à Paris le 4. Fevrier 1713.

L. JOSSE, *Syndic.*

www.ingramcontent.com/pod-product-compliance
Ingram Content Group UK Ltd.
Pitfield, Milton Keynes, MK11 3LW, UK
UKHW020303220726
13923UKWH00002B/996

9 782329 104911